The Adventures of Roo
Las Aventuras de Roo

Elizabeth Marina Robbins

and the Matanchen Bay Cultural Center English Class

Acknowledgments

Thank you Risa Mara Machuca for your help in translating. Thank you Denise J Lest for your help editing. Thank you Jennifer Margaret Robbins for your creative collaboration and support. Thank you Mom and Dad for your constant love and support in everything I do. Thank you Lucky, Tigra, and Roo for being the special doggies you are and the inspiration of this book. Thank you reader for your purchase of this book. Ninety percent of author proceeds will go to the Matanchen Bay Cultural Center Scholarship Program. Thank you for your support!

There once was a little doggie who lived on the streets of Aticama, Nayarit, Mexico. She didn't have a family and she felt all alone.

Había una vez una perrita que vivía en las calles de Aticama, en Nayarit, México. Ella no tenía familia y se sentía muy sola.

Then one day a nice couple named Dave and Mandy stumbled upon her. Mandy said, "What a sweet little doggie. She needs a home. Let's take her to come live with us in Los Cocos. We'll name her Roo."
Dave said, "Okay," and they were on their way.

Un día, una pareja muy simpática llamada Dave y Mandy vio la perrita. "Que linda perrita," dijo Mandy. "Ella necesita una casa. ¿Por qué no la llevamos a Los Cocos? Ahí podrá vivir con nosotros y le nombraremos Roo."
"Me parece bien," dijo Dave.
Así, Dave, Mandy y Roo tomaron camino a Los Cocos.

When they got to Los Cocos, Roo met their other dog named Tigra. Soon after, the caretaker of the house, Berna, brought another dog named Lucky. After a few quarrels they soon became the best of friends.

Al llegar a Los Cocos, Roo conocio a Tigra, otra perrita que había sido adoptada por Dave y Mandy. Al poco tiempo, Berna, el cuidador de la casa, trajo otro perro llamado Lucky a vivir con ellos. A pesar de sus diferencias y una que otra pelea, los tres perros se hicieron muy buenos amigos.

All the doggies were special in their own way. Tigra was a beautiful mix of a striped doggie and a pitbull. She loved to play and cuddle with everyone. Lucky was a handsome blonde Labrador. He also loved to play. He loved his toys. He carried them in his mouth just about everywhere he went. Roo was a beautiful mix of a tan dog and a Chihuahua. She had big beautiful ears and a taste for mischief.

Cada perro tenia su gracia y era encantador, a su propia manera. Tigra era una perra callejera de pelo rayado cruzada con pitbull. Le fascinaba jugar y ser cariñosa con todo mundo. Lucky era un perro de raza labrador. Él era muy guapo con un pelaje color oro. A él también le encantaba jugar. Fuera donde fuera, Lucky siempre cargaba con sus juguetes. Y Roo era una hermosa perrita color cafe de mezcla Chihuahua. Ella tenía unas orejas muy grandes y un enorme gusto para las travesuras.

When Roo first came to live in Los Cocos she chewed everything in sight, even her own bed; to the point it couldn't be repaired anymore. She loved to jump on everything and everyone and sometimes gave playful bites and scratches when she pounced. Roo's favorite kind of mischief was her adventures; when she snuck out of the house.

Cuando Roo llegó a vivir en Los Cocos, mordía y masticaba todo lo que estuviera a la vista, incluyendo su propia cama! Roo estaba tan emocionada de tener una familia que brincaba, arañaba y a veces le daba mordiscos, sin querer, a la gente. Pero su mayor travesura era escaparse de casa para salir de aventura.

Roo was a smart dog and soon realized that if she dug a little under the fence she could eventually make a tunnel and get out. Lucky joined in the fun. Roo would dig under the fence and then Lucky would barge it making it stretch enough for him to pass through and then she would follow. They became partners in crime while Tigra behaved and stayed home. They went everywhere: to the beach, to the park, to the mountains, even to the movies.

Roo era una perrita muy inteligente y pronto penso en como hacer un túnel por donde salirse de casa. Para ello requería de la ayuda de Lucky. Roo empezaba por escarbar un hoyo al lado del cerco de la casa. Después, utilizando su gran fuerza, Lucky estiraba el alambrado hasta poder pasar su cuerpo debajo del cerco. Ya estando Lucky fuera, Roo seguía su paso. Juntos, se convirtieron en cómplices de travesuras. Paseaban por todos lados: la playa, el parque, las montañas, hasta iban al cine; todo mientras Tigra se quedaba obedientemente en casa.

On one adventure, Lucky and Roo arrived at the beach just as a surfing competition was about to begin. Roo ran to the organizer's booth and entered herself and Lucky just in time to get a spot in the last heat. When it was their turn to compete they paddled out as fast as they could. Lucky caught the first wave and Roo caught a larger one behind it. They paddled back out and caught a few more waves before the buzzer rang and their heat was done. They both did well and advanced to the final heat.

En una de sus aventuras, Lucky y Roo llegaron a la playa cuando iba comenzando un torneo de surf. Roo corrió al lugar de los organizadores para alcanzar a inscribirse junto con Lucky en la última ronda de competencia. Cuando llegó su turno, remaron rápido a las afueras del mar. Lucky agarró la primera ola y Roo la siguiente. Regresaron remando y tomaron aún más olas antes de que terminara su ronda. Lucky y Roo surfearon estupendamente y avanzaron a la ronda final.

Lucky got a good barrel on his first wave of the final heat. The next wave went to one of the other competitors. The wave after it did as well. Lucky caught another small wave and Roo was still trying to catch her first. Finally, with only a minute left in the heat, Roo caught a big wave and got a nice long barrel, afterwards she did a 360º air and scored a 10 on the wave leading her to win the competition. Afterwards, they went to the supermarket and bought ice cream to celebrate the victory.

*heat– round of competition, *barrel– riding inside a hollow part of the wave
* 360º air– a surfing trick in which one elevates the board in the air and rotates 360 degrees.

Lucky agarró un buen tubo en su primera ola. Las siguientes olas las tomaron otros competidores. Lucky agarró una segunda ola mas pequeña mientras Roo aún buscaba tomar su primera. Cuando sólo faltaba un minuto para terminar el heat, Roo tomó una ola grande. Agarró un tubo largo e hizo un aéreo 360º, obteniendo un 10 en calificación y ganando la competencia. Al terminar el torneo, Lucky y Roo fueron al supermercado y compraron un helado para celebrar su victoria.

*tubo– corriendo adentro de una parte hueca de la ola, *aéreo 360º– un truco de surfear en que uno se eleva la tabla en el aire y hace una rotación de 360 grados

COMPETITION

Minisuper

Another day they decided to go to the park so they tunneled under the fence and off they went. At the park they played on the swings and the seesaw. After that they went to the movies. Their favorite movie was playing; "It's A Dog's Life." They ate popcorn and drank sodas during the movie. Then they decided to go for a swim in the lagoon. When they got to the lagoon, Lucky spotted two scuba tanks lying by the shore. They put on the tanks and into the deep blue lagoon they went. They saw all kinds of fish and turtles as they swam around. After a while they got hungry and decided to go home.

En otra ocasión Lucky y Roo decidieron salir al parque. En el parque se pasearon en los columpios y jugaron al subibaja. Después, se fueron al cine. Estaban pasando su película favorita, "La Vida de un Perro." Comieron palomitas y tomaron refrescos durante la película. Luego, decidieron ir a nadar a la laguna. Cuando llegaron a la laguna se encontraron con dos tanques de buceo. Se pusieron los tanques y entraron a la laguna, profunda y azul. Vieron varios tipos de peces y tortugas mientras nadaban. Al tiempo les empezó a dar hambre y decidieron regresar a casa.

Parque

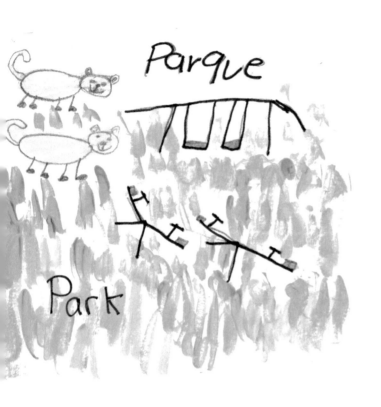

Park

Cine Movie Theater

Laguna Lagoon

One very special day after sneaking out, they headed to a big green field. Soon, they discovered a large object in the middle of the field. To their surprise it was a space ship. They were all excited and ran inside it, pressed a few buttons and before they knew it they were soaring through the atmosphere.

Un día, al escaparse de casa, Lucky y Roo fueron a un campo verde y espacioso. De pronto descubrieron un objeto grande y misterioso, era una nave espacial. Emocionados, corrieron dentro, empezaron a presionar botones y cuando menos pensaban ya estaban volando por la atmósfera.

Fortunately, the space ship was preprogrammed and landed them safely on the moon. "Wow, what an adventure!" Roo said. Lucky agreed and declared, "We are the first doggies on the moon! Hooray!" They explored and played all around the moon until they got hungry once again and decided to go home. They hopped back into the spaceship, pressed the Earth button and once again were soaring through the atmosphere and landed back onto the big green field.

Afortunadamente, la nave estaba programada y fácilmente aterrizo sobre la luna. "Wow, que aventura!" dijo Roo. Estando de acuerdo, Lucky exclamó, "Somos los primeros perros que van a la luna! Órale!" Exploraron y jugaron por todo alrededor de la luna, hasta que nuevamente les dio hambre y otra vez decidieron regresar a casa. Se subieron a la nave, presionaron el botón de planeta Tierra y volaron de regreso al campo verde.

Of all the fun places they went, the beach was their favorite. One day as Roo and Lucky were heading out, Tigra decided she would go too. And off they went. They were so excited to go play that they didn't pay attention to the big waves or the tide coming up. On the way home the waves pushed them into some rocks and they were separated. Roo and Lucky survived with some cuts, but no one knew what happened to Tigra and she didn't come home that night.

De todos los lugares adonde salían, la playa era donde más les gustaba pasear. Un día cuando Lucky y Roo estaban por irse, Tigra decidió que iría con ellos. Estaban tan emocionados de salir a jugar que no pusieron atención a la marea alta, ni a las olas crecientes. De regreso a casa, las olas obstruyeron el paso, dejando los perros contra las piedras y separados uno del otro. Afortunadamente, Lucky y Roo solo sufrieron unos pequeños raspones, pero nadie sabia que le había pasado a Tigra. Ella no había vuelto a casa.

Dave and Mandy were out of town at the time, and the doggie sitters were beside themselves; they were so worried about Tigra. Lucky and Roo were too. They looked everywhere for her but could not find her. They put out an announcement the next day through all of Aticama and Los Cocos.

Dave y Mandy estaban de viaje en ese momento y los encargados de la casa estaban muy preocupados por Tigra. Lucky y Roo también estaban preocupados. Todos la buscaban, pero nadie la encontraba. Al día siguiente sacaron un anuncio por todo Aticama y Los Cocos.

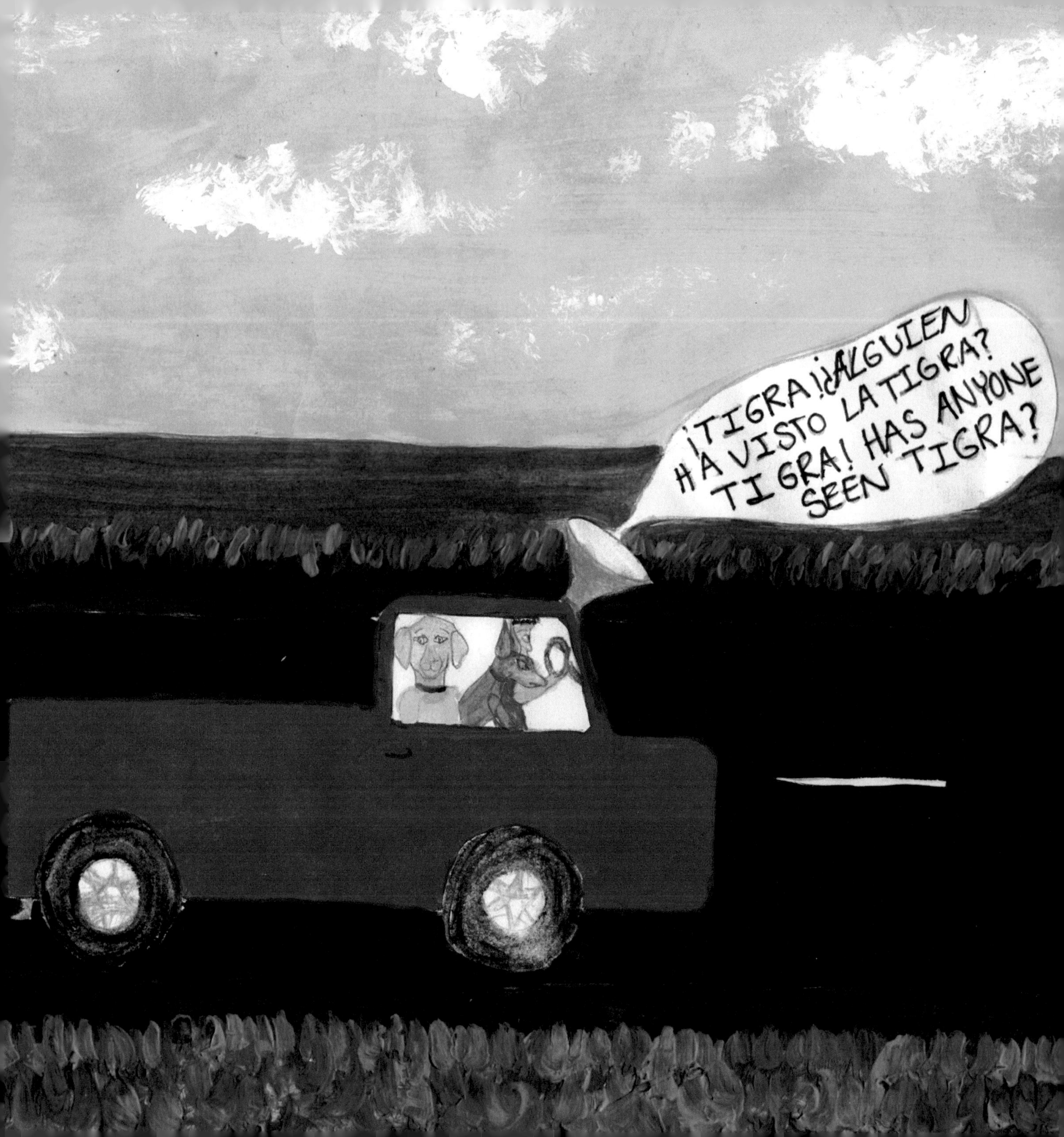
¡TIGRA! ¿ALGUIEN HA VISTO LA TIGRA? TIGRA! HAS ANYONE SEEN TIGRA?

Finally, some nice men from Tepic found Tigra. They heard the announcement and brought her home. Everyone was so happy Tigra was home safe! Especially Roo, she had been really worried about her friend Tigra. She realized how much she loved Tigra and Lucky and everyone including herself, and how much they loved her too. Then she decided to behave better.

Al fin, al escuchar el anuncio, unas amables personas de Tepic encontraron a Tigra y pudieron llevarla directamente a casa. Todos estaban muy contentos de que Tigra había regresado bien y salvo. En lo especial Roo, que había estado muy preocupada por su amiga. Así se dio cuenta del gran amor que sentía no solo por Tigra, sino también por Lucky y el resto de su familia, incluyéndose a sí misma. Ellos, a cambio, la amaban de la misma manera. Así que de ahí en adelante prometió portarse bien.

Roo stopped her mischievous chewing, jumping, snipping, and scratching; and even promised to stop escaping and wait for her people to take her to the beach. Everyone was shocked at her wonderful behavior changes. Especially that she swore she would stop her adventurous breakouts! Dave and Mandy told her they loved her unconditionally and always and just to help her stick to it they made the fence a little stronger. And they all lived happily ever after.

The End

Roo dejó de hacer travesuras. Ya no masticaba, brincaba, arañaba, o daba mordiscos. También prometió dejar de escaparse y mejor esperar a que su familia la llevara a pasear a la playa. Todos estaban muy sorprendidos por estos cambios en su comportamiento. Dave y Mandy le aseguraron que siempre la iban a amar incondicionalmente. Para apoyarla en sus buenos esfuerzos y ayudar a que cumpliera su promesa, decidieron reforzar el cerco. Así, todos vivieron felices para siempre.

Fin

A Word From Our Students

Una Palabra de Nuestros Estudiantes

I love myself because I am serious, patient and Quiet

Yo me amo a mi mismo porque yo soy seria, paciente, y callada.

Sintique

I love myself because I am Beautiful, Cheerful and Great

beautiful-Cheerful-Great
Hermosa-Alegre-estupenda

Yo me amo ami misma porque yo soy hermosa + Alegre + y estupenda.

Tania Isabel Rosales Flores

I LOVE MY SELF because I am. calm Quiet and dedicated

YADIRA TORRE

Yo me amo ami mismola porque yo soy calmada, callada, dedicada

I LOVE MY SELF BECAUSE I am Athletic, Cheerful, Funny/Joker

LL

BEBERLyk

yo me amo ami misma porque yo soy deportista, alegre, grasiosa

I love my self because I am
friendly, Athletic and Artistic

yo me amo porque yo soy:
amigable, deportista y artistico

Radrigo

I Love myself because I am
cheerful, funny/joker, and a good cook

Yo me amo a mi mismo por que soy ~~alegre~~ el, gracioso
y un buen cocinero
Fernando AD

I love myself because I am happy, ~~smart~~
and smart

Yo amo a mi mismo porque yo
so feliz creativo y enteligente

Yisel Gabriel Rosales Flores,

I love myself because I am
Artistica - Awesome, and cheerful

Yo me amo a mi mismo porque yo
soy Artistica, inplesicnate,
y Alegre

Ana Lizbeth Gonzalez uribe

I love myself because I am
artistic, athletic, and happy.

Yo me amo ami mismo porque llo soy
artistico, atletica y feliz

Sebastian alonso Sandoval

I love myself because I am
Awesome, Appreciative, and Athletic

Yo me amo ami mismo Porque Soy
Inprecionante, agradecida, Deportista

NANDINEY

I love myself because I
am cheerful, Enthusiatic and friendly.

YO me amo a mi misma porque yo
soy Alegre, Entusiasta y simpatica - Melani

Why do you love yourself?

What is unconditional love?

How will you love yourself unconditionally and always?

¿Por qué te amas a ti mismo?

¿Que es el amor incondicional?

¿Como te demostrarás amor incondicional y para siempre?

37037385R00026

Made in the USA
Lexington, KY
20 April 2019